MINISTÈRE DES TRAVAUX PUBLICS.

PORTS MARITIMES
DE LA FRANCE.

NOTICE

sur

LE PORT DE BOULOGNE,

PAR M. VIVENOT,

INGÉNIEUR DES PONTS ET CHAUSSÉES.

PARIS.
IMPRIMERIE NATIONALE.

M DCCC LXXIV.

PORT DE BOULOGNE.

MINISTÈRE DES TRAVAUX PUBLICS.

PORTS MARITIMES

DE LA FRANCE.

NOTICE

SUR

LE PORT DE BOULOGNE,

PAR M. VIVENOT,

INGÉNIEUR DES PONTS ET CHAUSSÉES.

PARIS.

IMPRIMERIE NATIONALE.

M DCCC LXXIV.

PORT

DE BOULOGNE.

—⪼⊕⪻—

CHAPITRE PREMIER.

ATTERRAGES.

—

POSITION GÉOGRAPHIQUE.

Le port de Boulogne est situé sur la côte du Pas-de-Calais, entre
le cap Gris-Nez au Nord et le cap d'Alpreck au Sud, à l'embouchure de la rivière de la Liane.

Sa position géographique, définie par celle du beffroi de l'hôtel
de ville, est la suivante :

Longitude occidentale (méridien de Paris)........	0° 43′ 25″
Latitude septentrionale.....................	50° 43′ 33″

La côte, dans le voisinage du port, est formée par de hautes falaises, dont les bancs marneux ou calcaires, appartenant aux étages
kimmeridgien et portlandien, s'étendent du Sud au Nord depuis
Equihen jusqu'au cap Gris-Nez. Ces falaises subissent, sous l'action
de la mer et des gelées, des éboulements lents mais continus, qui
font reculer toutes les saillies de la côte, tandis que les anses se
remplissent de dépôts sableux.

Boulogne est placé sur la ligne la plus directe entre Paris et
Londres. Il est en communication journalière avec l'Angleterre,

par les paquebots de la Compaguie du South Eastern Railway, qui font le service entre Boulogne et Folkestone en une heure et quart, et par ceux de la Compagnie générale de navigation à vapeur, qui se rendent directement à Londres par la Tamise.

Il est relié par le réseau du chemin de fer du Nord avec Paris, Amiens, Lille et Arras.

Distance de Boulogne {
à Folkestone................ 28 milles.
à Douvres................. 28
à London Bridge, par la Tamise.. 120

Distance de Boulogne {
à Paris......... .... 254 kilom.
à Amiens.................. 123

POSITION MARITIME. — RENSEIGNEMENTS HYDROGRAPHIQUES.

Le port de Boulogne occupe une position maritime importante, en un point où les tempêtes sont fréquentes et où un port de refuge est précieux.

L'entrée en est déterminée par deux jetées : l'une pleine au vent, dite du S. O.; l'autre, dite de l'Est, à claire-voie sur une partie de sa longueur.

La montée de la mer, qui est de 7^m,86 en vive eau moyenne, permet d'ailleurs aux navires marchands du plus grand tirant d'eau d'entrer dans le port.

Rade. — La rade foraine, dite de Saint-Jean ou d'Ambleteuse, dont la majeure partie est sous le vent du port, est située entre le banc dit bassure de Baas et la côte, depuis les roches de l'Heurt jusqu'au delà d'Ambleteuse; elle ne se trouve guère abritée que contre les vents d'Est et de N. E.; elle l'est fort peu ou point contre les vents d'Ouest et de S. O., les plus violents de tous.

La bassure de Baas ne peut, en effet, être considérée comme un abri efficace; ce banc, qui court du N. N. E. au S. S. O., prend son origine un peu au Nord d'Ambleteuse, à 4 kilomètres de la côte, et s'en éloigne jusqu'à 10^{km},3 par le travers de Dannes; il est formé de sables et de coquilles moulues; ses parties les plus hautes sont encore à 16 et 12 pieds au-dessous du niveau des plus basses mers. Ces points se trouvent : le premier, par le travers de Wimereux, et le second, à 2 milles au S. O. du cap d'Alpreck. A la hauteur de Boulogne, le banc s'abaisse et donne des profondeurs d'eau de plus de 10 mètres au-dessous des basses mers d'équinoxe.

La rade de Saint-Jean a une profondeur variable de 5 à 15 mètres; elle présente, sauf quelques roches éparses, un fond de sable ou de marne argileuse.

L'estran au droit de Boulogne a une largeur de 700 à 800 mètres dans le voisinage des jetées (soit à 200 mètres au Nord et au Sud); cette largeur se réduit à 450 mètres vers la pointe de la Crèche, et à 400 mètres au droit du mont de Couppe; elle augmente beaucoup dans le prolongement même des jetées, où les bancs de sable s'avancent plus au large.

ÉCLAIRAGE ET BALISAGE DU LITTORAL DANS LE VOISINAGE DU PORT.

L'approche de la côte occidentale du Pas-de-Calais est signalée au large, d'abord par les deux phares de la Canche, élevés au Sud de l'embouchure de cette rivière, à 250 mètres l'un de l'autre, sur une ligne N. S., et par le phare du cap Gris-Nez, à 9 milles au Nord de Boulogne.

Ces feux sont de premier ordre; les deux premiers sont fixes; ils dominent de 53 mètres le niveau des hautes mers, et ont une portée moyenne de 20 milles. Celui du cap Gris-Nez est un feu électrique à éclipses de 30 en 30 secondes; sa portée est de 30 milles.

La pointe d'Alpreck, à 2 milles ½ au Sud du port de Boulogne, est signalée par un feu de troisième ordre, blanc, varié de 2 en 2 minutes par des éclats rouges. Son élévation au-dessus de la mer est de 49 mètres, et sa portée, de 10 milles.

Des feux de port indiquent en outre avec précision l'entrée du chenal. Ce sont :

Un feu fixe de quatrième ordre, rouge, établi à 30 mètres de l'extrémité de la jetée N. E. Il est élevé de 14 mètres au-dessus du niveau des hautes mers, et a une portée de 7 milles;

Deux feux de marée, blancs, fixes, installés à l'aplomb l'un de l'autre sur le musoir de la jetée S. O. Leur portée est de 9 milles. Le feu supérieur est allumé lorsqu'il y a 3 mètres d'eau sur le point le plus élevé du chenal extérieur; le feu inférieur ne s'allume qu'à la pleine mer; tous deux sont éteints lorsque l'eau s'est abaissée au-dessous de 3 mètres dans le chenal.

Une bouée noire est placée sur l'épi en enrochement qui prolonge la jetée Est à une distance de 400 mètres de l'extrémité de cette jetée.

Enfin, un mât de signaux de marée et une cloche à réflecteur sont installés à l'extrémité de la jetée du S. O.

Les signaux font connaître les hauteurs d'eau dans le chenal de 0m,50 en 0m,50, et, en temps de brume, la cloche sonne d'une manière continue (60 coups par minute), tant qu'il y a 2 mètres d'eau dans le chenal.

Pendant le jour, de nombreux amers fournissent aux navigateurs des points de repère qui jalonnent les directions à suivre dans le voisinage du port.

RÉGIME DES VENTS.

Les observations relatives à la direction des vents indiquent à Boulogne une prédominance marquée des vents de Sud-Ouest et d'Ouest.

Ainsi, le relevé de la période quinquennale de 1865 à 1869 inclusivement montre que, en moyenne, sur 1,460 observations faites en une année, à raison de 4 par jour, les vents se répartissent de la manière suivante :

$$
\text{Vents d'amont} \left\{
\begin{array}{ll}
\text{Nord.} \dotfill & 157 \\
\text{Nord-Est.} \dotfill & 160 \\
\text{Est.} \dotfill & 100 \\
\text{Sud-Est.} \dotfill & 114
\end{array}
\right\} 531
$$

Vents d'aval....... $\left\{\begin{array}{l} \text{Sud}.................... 175 \\ \text{Sud-Ouest}............... 36o \\ \text{Ouest}................. 218 \\ \text{Nord-Ouest}............. 142 \end{array}\right\}$ 895

Calmes...................................... 34

Les vents de S. O. et d'Ouest sont de beaucoup les plus fréquents : ils sont représentés par 578 observations, environ les deux
cinquièmes du nombre total.

Viennent ensuite les vents du Sud, puis ceux du Nord et ceux
du N. O. Les vents les plus rares sont ceux de l'Est et du S. E.

Si l'on groupe les observations d'été et celles d'hiver, on obtient
les résultats suivants :

	ÉTÉ. Du 1er avril au 1er octobre.	HIVER. Du 1er octobre au 1er avril.		ÉTÉ. Du 1er avril au 1er octobre.	HIVER. Du 1er octobre au 1er avril.
Nord.....	85	72	Sud	71	104
Nord-Est..	86	74	Sud-Ouest..	197	163
Est......	43	57	Ouest.....	122	96
Sud-Est ..	43	71	Nord-Ouest.	65	77
	257	274		455	440

On voit que la prédominance des vents d'Ouest et de S. O. est
encore plus marquée en été qu'en hiver.

Les vents de Nord et de N. E. sont moins rares en été qu'en hiver,
au mois de juin qu'au mois de décembre, tandis que les vents du
Sud, au contraire, sont plus fréquents en hiver qu'en été; d'où il
résulte qu'à Boulogne il n'y a ni chaleur ni froid excessifs.

Les vents qui ont le plus d'intensité sont ceux du S. O. Ce sont
ceux qui généralement occasionnent des tempêtes.

Les relevés de la période quinquennale 1865-1869 indiquent
en moyenne, sur 1,460 observations par année, 56 coups de vent
ou tempêtes, ce qui correspondrait à 14 jours par an.

A Boulogne, comme dans les autres ports de la Manche, le courant de flot persiste après le moment de la pleine mer, et le courant de jusant après le moment de la basse mer.

Le retard du reversement du flot varie de $2^h 3o^m$ à $3^h 3o^m$ devant Boulogne, et augmente à mesure qu'on s'éloigne de la côte. Il est à peu près le même pour le jusant que pour le flot.

La plus grande vitesse du courant de flot devant Boulogne, à 4 ou 5 milles au large, est de 3 milles (de $1^m,5o$ par seconde), et celle du courant de jusant de 2 milles $\frac{1}{2}$ (de $1^m,35$ par seconde).

Au cap Gris-Nez, ces vitesses sont plus considérables; elles atteignent: pour le courant de flot, 4 milles ou $2^m,o5$ par seconde; pour le courant de jusant, 3 milles $\frac{8}{10}$ ou 2 mètres par seconde.

Ces maxima se produisent environ trois quarts d'heure ou une heure après le moment de la pleine mer ou de la basse mer. Ils correspondent aux marées de vive eau et sont moindres en morte eau. Le courant de flot porte vers le N. N. E. au moment du maximum, et le courant de jusant vers le S. S. O.

Les courants de marée sont alternatifs et passent presque sans transition, au milieu de la Manche, de la direction de flot à celle de jusant. L'étale de flot dure une demi-heure; l'étale de jusant, vingt minutes. Plus près de la côte, les courants semblent animés d'un mouvement gyratoire qui les fait passer du flot au jusant, puis du jusant au flot, dans le sens E. N. O. S. E.

L'heure de l'établissement du port de Boulogne est de 11 heures 26 minutes.

L'unité de hauteur est de $3^m,96$.

Les courbes ci-dessous représentent sensiblement les marées moyennes de vive eau et de morte eau au port de Boulogne. Elles sont le résultat d'observations directes.

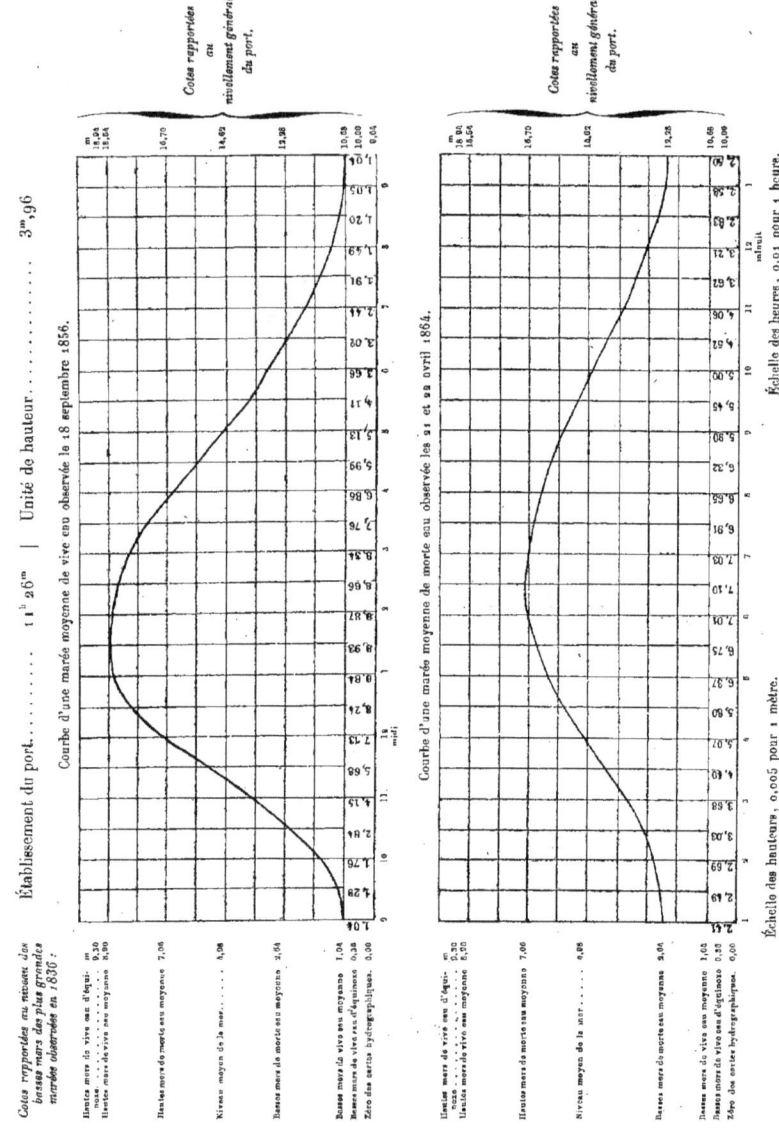

Établissement du port. . . . . $1^h 26^m$ | Unité de hauteur. . . . . $3^m,96$

Courbe d'une marée moyenne de vive eau observée le 18 septembre 1856.

Courbe d'une marée moyenne de morte eau observée les 21 et 22 avril 1864.

Échelle des hauteurs, 0,005 pour 1 mètre.

Échelle des hauteurs, 0,01 pour 1 mètre.

Échelle des heures, 0,01 pour 1 heure.

CHAPITRE II.

La ville de Boulogne (en latin *Bononia*) fut fondée 5o ans avant Jésus-Christ par un des lieutenants de César, Quintus Pedius, qui était de Bologne, en Italie.

Son port paraît avoir eu quelque importance à l'époque romaine. Une flotte y stationnait. On y éleva un phare sur le promontoire formé par les coteaux de la rive droite de la Liane, la tour d'Odre[1], de 41 mètres de hauteur, dont la construction est attribuée à Caligula et remonte à environ 4o ans après Jésus-Christ.

C'est de Boulogne que partaient les expéditions des Romains contre la Grande-Bretagne.

En 4o7, l'empire romain s'étant démembré, Boulogne passa sous la domination franque. Plus tard, le Boulonais forma un comté qui relevait du roi de France, et qui fut réuni par Louis XI à la couronne.

Le port de Boulogne joua un certain rôle au xııı° et au xıv° siècle, notamment pendant la guerre de Cent ans.

Des documents que l'on possède sur le port et la ville il paraît résulter que, lors du siége fait par les Anglais en 1544, la mer pénétrait encore jusque dans le vallon des Tintelleries. Cependant les sables avaient déjà envahi en grande partie la baie formée par l'embouchure de la Liane; dès le milieu du xı° siècle, des amoncellements étaient venus se former au pied du coteau sur lequel se trouve la haute ville, et on avait donné le nom de *porte des Dunes* à la porte conduisant au port.

L'emplacement de certains ouvrages construits à l'époque du

---

[1] *Odre*, mot celtique qui signifie limite ou rivage.

siége de Boulogne permet de juger des modifications subies depuis par le rivage de la mer.

Du *fort de Châtillon*, qui, construit par Henri II en 1547, s'avan-
çait dans la mer au Sud de l'entrée du port, il ne reste depuis
longtemps aucun vestige. Les monticules de sable amoncelés le long
de la *Dunette en mer* [1] n'empêchèrent point les corrosions de se
produire au Nord de l'embouchure de la Liane, et le 29 juillet
1644, la tour d'Odre s'écroula avec fracas dans la mer.

En 1739, on construisit la jetée de l'Ouest sur les ruines de
la Dunette, et en 1740 la jetée de l'Est sur les roches Pidou.
Mais la baie de la Liane était toujours encombrée par les sables
enlevés aux dunes ou charriés par les eaux pluviales. A l'extérieur,
le chenal, sans avoir de direction fixe, se rapprochait de la falaise
Nord, ce qui rendait l'entrée difficile et dangereuse.

On proposa alors deux jetées en fascinages, que l'on devait pro-
longer jusqu'à la laisse de basse mer; la jetée de l'Est seule fut
commencée en 1773.

Les projets de descente en Angleterre, au commencement du
siècle, attirèrent sur le port de Boulogne l'attention du gouverne-
ment. Le 11 floréal an IX (1er mai 1800) commencèrent les travaux qui devaient le transformer. Du côté de l'Est on construisit,
sur près de 1,000 mètres, des quais en charpente, qu'on relia à
l'extrémité de la jetée de l'Est au moyen d'une estacade. La jetée
de l'Ouest fut également réunie par une estacade à une ligne de
quai parallèle. En arrière, dans des terrains fangeux que la mer
recouvrait à chaque marée, on créa, pour rassembler les bâtiments
de la flottille, un bassin d'échouage auquel on donna la forme d'un
demi-cercle de 612 mètres de développement, avec une entrée de
78 mètres de large à travers la ligne des quais de l'Ouest.

Les deux côtés du port furent mis en communication au moyen
d'un pont en charpente de 138 mètres de longueur.

[1] Ouvrage construit à l'entrée du port par le roi d'Angleterre Henri VIII, après la
prise de Boulogne en 1545.

Enfin, en 1804, on reconnut le besoin d'une écluse de chasse pour balayer les sables, et de cette construction résulta un arrière-port, qui devait tenir à flot une partie des bâtiments de la flottille destinée à opérer la descente.

Ces immenses travaux avaient donné à Boulogne une nouvelle vie. Mais, après l'Empire, le port fut de nouveau abandonné. Les dépenses d'entretien sous la Restauration ne s'élèvent pas à 20,000 fr. par année.

C'est de 1829 que datent les projets d'amélioration du port, par la construction de nouvelles jetées.

Ces jetées, puis un nouveau barrage éclusé destiné à augmenter la puissance des chasses, enfin un bassin à flot ouvert au commerce depuis 1868, ont rendu au port de Boulogne une grande importance commerciale.

CHAPITRE III.

DESCRIPTION DU PORT.

———

OUVRAGES COMPOSANT LE PORT DE BOULOGNE.

Le port de Boulogne comprend aujourd'hui les ouvrages suivants :

Un chenal entre deux jetées d'inégale longueur;

Un port d'échouage ;

Une écluse de chasse et un bassin de retenue ;

Un arrière-port;

Un bassin à flot avec écluse à sas ;

De longues lignes de quais en maçonnerie ;

Enfin divers emplacements pour la construction et la réparation des navires.

Les *jetées*, entre lesquelles se trouve ménagé un chenal de 70 mètres de largeur, sont courbes et d'inégale longueur; la plus longue, qui est au vent, est pleine jusqu'au niveau des hautes mers de vive eau.

Le chenal offre une profondeur de 1 mètre environ au-dessous des plus basses mers de vive eau. Il est accessible, en vive eau, à des navires ayant un tirant d'eau de 7 mètres, et, en morte eau, à des navires tirant 5 mètres.

Le *port d'échouage* a une longueur de près de 900 mètres, comptée depuis le barrage éclusé placé au fond du port jusqu'à l'extrémité du quai des Paquebots, et une largeur variable de 100 à 180 mètres. Il est séparé de l'arrière-port par l'écluse de chasse.

L'*écluse de chasse* se compose de deux pertuis latéraux de

2.

6 mètres de largeur chacun, destinés aux chasses, et d'un pertuis central large de 12 mètres, muni de portes d'ebbe et réservé pour le passage des navires qui pénètrent dans l'arrière-port. Ces portes sont percées de vannes, pour ajouter à la puissance des chasses.

L'*arrière-port*, qui fait partie du bassin des chasses, se trouve compris entre le barrage éclusé et le pont Napoléon, et offre une longueur de 220 mètres sur une largeur de 110 mètres.

En amont du pont Napoléon s'étend le *bassin de retenue des chasses*, dont la superficie totale, y compris l'arrière-port, est de 65 hectares 88 ares.

Le *bassin à flot*, établi dans l'emplacement de l'ancien bassin demi-circulaire, a une superficie de 6 hectares 86 ares; il offre une longueur de 388 mètres et une largeur de 192 mètres. Il communique avec le chenal au moyen d'une écluse de 21 mètres de largeur et de 100 mètres de longueur de sas.

Le tirant d'eau sur les seuils est de 9 mètres en vive eau ordinaire, et de 7^m,20 en morte eau; les seuils sont établis à la cote 9^m,50.

Une estacade de halage, en charpente à claire-voie, relie le terre-plein d'aval de l'écluse à sas à l'origine de la jetée du S. O.

En arrière de l'estacade se trouve la *crique d'épanouissement*, destinée à atténuer l'agitation dans le sas de l'écluse et dans le port. Au pourtour de cette crique se trouvent les cales de construction.

Une ouverture de 12 mètres de largeur, fermée par une passerelle mobile, a été réservée au centre de l'estacade pour livrer passage aux navires.

§ 1er. JETÉES ET CHENAL.

Les deux jetées qui déterminent aujourd'hui l'entrée du port de Boulogne sont, comme on l'a déjà dit, d'inégale longueur.

La jetée du S. O., qui est pleine jusqu'au niveau des hautes mers de vive eau, a une longueur totale de 700 mètres, comptée à partir de l'estacade qui la précède; elle est adossée à la dune sur 200 mètres de longueur.

La jetée du N. E. n'a que 519 mètres à partir de l'extrémité du quai des Paquebots; elle est pleine sur 214 mètres de longueur, à partir de son origine, et en charpente à claire-voie sur les 305 mètres restants.

A la suite, se trouve une jetée basse, qui maintient le chenal sur près de 450 mètres de longueur.

Les deux jetées comprennent un chenal d'une largeur moyenne de 70 mètres; elles sont tracées parallèlement suivant deux lignes courbes, dont le dernier élément est orienté N. N. O. 5° O.

Leur inégalité de longueur est favorable à la facile entrée du port. Les navires qui n'ont pas attaqué le port en rasant au plus près le musoir du S. O. peuvent encore être ramenés dans le chenal par le courant de remous qui se produit au Nord de la jetée de l'Est.

La construction des jetées actuelles remonte à 1835.

Antérieurement, le chenal, infléchi plus au Nord, était formé par deux jetées insubmersibles, dont la plus longue, celle du vent, n'avait que 200 mètres de longueur; à la suite de l'autre jetée s'étendait une jetée submersible en fascines, de 1,000 mètres de longueur. La première jetée, traversant le chenal actuel, se terminait dans l'emplacement de la jetée de l'Est actuelle, au massif appelé *l'ancien musoir*.

La déviation des jetées vers le N. O. facilite l'entrée du port aux navires arrivant par les vents de S. O., qui sont les vents régnants; et en même temps on l'a rendue moins dangereuse en l'éloignant davantage de la côte.

Chenal à l'entrée. — Le chenal du port de Boulogne, dans la partie comprise entre les jetées, a été approfondi sensiblement, sur

toute sa longueur, à 1 mètre au-dessous des basses mers de vive eau
d'équinoxe, soit à la cote 9 mètres, ou à 0ᵐ,64 au-dessous du zéro
des cartes marines.

Il est entretenu à cette profondeur au moyen de chasses; mais
dans la partie extérieure aux jetées la profondeur est moindre. La
barre qui se forme à l'entrée même du chenal, à l'extrémité de la
jetée du S. O., s'élève parfois à 1 mètre au-dessus des basses mers
de vive eau d'équinoxe, soit à la cote 11 mètres. Ce banc s'abaisse
en approchant de l'épi en enrochements qui prolonge la jetée de
l'Est, de telle sorte qu'un chenal plus ou moins large, suivant l'intensité et la direction des vents, subsiste le long de cet épi. Les
chasses peuvent abaisser la barre de 0ᵐ,50 à 1 mètre, et même davantage, lorsqu'elles sont données dans des conditions favorables;
mais elles sont sans action sensible sur les bancs du large, dont la
hauteur, sauf quelques étroits passages, se maintient entre 9ᵐ,50
et 10 mètres.

A pleine mer de vive eau ordinaire, la hauteur d'eau sur la
barre est de 7ᵐ,50, la barre étant supposée à la cote 11 mètres;
en morte eau, cette hauteur est encore de 5ᵐ,70. Toutefois, eu
égard à la levée de la lame, il est prudent, par les mauvais temps,
de ne pas compter sur plus de 6ᵐ,80 en vive eau et 5 mètres en
morte eau.

Les navires à vapeur qui tiennent facilement le milieu du chenal
peuvent y trouver de 0ᵐ,50 à 1 mètre de plus.

Quai de marée. — Un quai de marée a été établi le long de la
jetée de l'Est, du côté du chenal, en avant de l'ancien musoir, afin
de permettre l'établissement d'un service régulier de paquebots à
heures fixes. On espérait ainsi réduire de 174 à 75 le nombre des
jours pendant lesquels les paquebots ne peuvent arriver à quai de
une heure et demie à deux heures et demie après midi.

Ce quai, construit en 1859-1860, consiste en une charpente établie en saillie de 7 mètres sur la jetée et portant trois étages de

planchers réunis par des escaliers. Il a 12 mètres de long, et se raccorde avec la jetée au moyen de deux pans coupés à 45 degrés.

Les dépenses se sont élevées à 26,032 francs. La chambre de commerce y a contribué pour 7,500 francs.

Malheureusement, l'état de la barre à l'entrée du chenal ne permet pas d'utiliser cet ouvrage, et le service des paquebots à heures fixes n'a pu être établi.

Détails de construction des jetées. — La jetée insubmersible du S. O. est composée d'une partie basse en empierrement, qui s'élève jusqu'au niveau des plus hautes mers de vive eau, et d'une partie supérieure en charpente à claire-voie. Un talus en libages, incliné à $\frac{1}{10}$ environ, protége cette jetée du côté du large. Du côté du chenal, le massif d'enrochements, revêtu d'un perré à assises régulières, est incliné à $1\frac{1}{2}$ de base pour 1 de hauteur, et appuyé par son pied sur un enrochement à pierres perdues, compris entre deux files de pieux et palplanches distantes de 5 mètres. Le perré ainsi que la plate-forme couronnant le massif d'enrochements sont d'ailleurs recouverts par des bordages qui les préservent contre l'action des lames.

Dans l'origine, la jetée devait être construite en empierrement sur toute sa hauteur; mais les empierrements étaient constamment bouleversés. On dut supprimer le massif à partir des hautes mers de vive eau, et l'on arriva, après divers essais, au profil actuel, avec charpente à claire-voie implantée dans le massif inférieur d'enrochements.

Cette charpente se compose de fermes espacées de 3 mètres d'axe en axe, formées de poteaux, bracons et moises, et reliées entre elles par plusieurs cours de liernes; entre chaque ferme il y a un poteau intermédiaire.

La construction de la charpente du musoir est analogue à celle de la jetée, mais les fermes en charpente prennent leurs points d'appui extérieurs sur des pieux et occupent toute la hauteur du musoir à partir du niveau des basses mers de vive eau; elles sont protégées à leur pied par une risberme en maçonnerie de moellons, inclinée à 45 degrés.

Le tillac de la jetée est établi en pente de 0,0015 environ, à la cote 20^m,60 à l'origine, et à la cote 21,55 près du musoir; sa largeur est de 3^m,50. Un chemin de halage règne le long de la jetée du côté du chenal, à la hauteur du dessus du coffrage qui recouvre le massif d'enrochements, soit à la cote 18^m,65 environ.

Le musoir présente une longueur de 44^m,80 sur une largeur de 14^m,80.

Sur ce musoir s'élèvent le fanal et le mât de pavillon faisant connaître la hauteur de la marée.

La jetée du N. E., qui part de l'extrémité du quai des Paquebots, est pleine seulement sur une longueur de 213^m,72, jusques et y compris l'ancien musoir de l'Ouest, ou *musoir Napoléon*, qui a 40^m,90 de longueur. La partie située au delà de l'ancien musoir est à claire-voie sur une longueur de 305^m,41.

Cette jetée a été construite de 1835 à 1840, en même temps que la jetée de l'Ouest. Les fermes en charpente qui la composent sont espacées de 3 mètres d'axe en axe, et formées par des poteaux montants avec bracons, moises et contre-fiches prenant leurs points d'appui sur trois lignes de pieux, et reliées entre elles par plusieurs cours de liernes.

La première partie de cette jetée, qui se termine au musoir Napoléon, forme le *barrage de l'ancienne entrée du port* : elle consiste en un coffrage en charpente rempli de moellons jusqu'au niveau des hautes mers.

Le musoir Napoléon, qui se trouve aujourd'hui incorporé dans la jetée de l'Est, est formé par un massif de 8 mètres de hauteur dont la plate-forme est à la cote 21^m,35, soit au même niveau que le tillac de la jetée en charpente. Il présente actuellement la forme d'un trapèze terminé vers le large, du côté opposé au chenal, par une portion circulaire de 8 mètres de rayon. Tout le parement est en pierre de taille. Les maçonneries du pourtour ont dû être démolies sur 2 mètres d'épaisseur, il y a une dizaine d'années, à cause de la décomposition des mortiers. On les a refaites en ciment de Portland, aussi bien que la surface supérieure formant le couronnement.

La portion de la jetée à claire-voie qui suit le musoir Napoléon est implantée dans un massif d'enrochements, revêtu à la partie supérieure par des moellons smillés, et arasé à la cote $14^m,80$ environ. Une risberme perreyée, en moellons smillés de $0^m,30$ d'épaisseur, inclinée à 45 degrés, s'appuie sur un enrochement à pierres perdues compris entre deux lignes de pieux et palplanches distantes de 5 mètres.

La charpente du musoir est composée de fermes semblables à celles de la jetée.

La largeur du tillac de la jetée de l'Est, dans les deux parties qui touchent l'ancien musoir Napoléon, est de $3^m,30$.

Le musoir actuel a 30 mètres de longueur sur 7 mètres de largeur. Sur ce musoir est établi un fanal (feu fixe rouge de quatrième ordre) indiquant l'entrée du port. Au delà du musoir se trouve la jetée basse de l'Est, en prolongement de la jetée à claire-voie, et composée, sur 128 mètres de longueur, d'une plate-forme en pierres smillées, limitée du côté du chenal par une ligne de pieux et palplanches. Elle s'avance ainsi à la hauteur du musoir de la jetée de l'Ouest. Les marins la désignent sous le nom de *Fer à cheval*. Enfin le chenal est encore maintenu au delà par une jetée basse à pierres perdues, dont la longueur est de 320 mètres environ : elle est signalée par une bouée.

Modifications successives apportées aux jetées. — Les travaux de construction primitive des jetées actuelles ont été terminés en 1839; mais depuis cette époque elles ont été l'objet de modifications et de consolidations importantes. En 1876 et durant les années sui-

3

vantes, lors de la construction du barrage éclusé des chasses, le
chenal fut approfondi de 2 mètres à 2^m,50 au-dessous des liernes
de l'ancienne risberme, qui se trouve à une cote variable de 12^m,67
à 12^m,87. C'est alors que l'on jugea à propos de consolider les jetées
au moyen d'une ligne de pieux et palplanches battus à 5 mètres en
avant des anciennes liernes, pour maintenir l'enrochement inférieur;
les pieux, espacés de 2 mètres en 2 mètres, furent enfoncés à 4^m,50
de profondeur environ; entre eux, des palplanches jointives des-
cendent à 3 mètres et 3^m,50. Les nouvelles liernes, qui devaient
être placées à 2 mètres, ne furent établies qu'à 1^m,50 environ au-
dessous des anciennes.

Ces travaux furent exécutés successivement aux deux jetées;
dans la partie formant le barrage de l'ancienne entrée du port, les
travaux de consolidation ont consisté dans la construction d'une
risberme de défense, formée par une série de petites fermes en
charpente placées au droit des fermes de la jetée et appuyées sur
une ligne de pieux de 4^m,50 de fiche, battus à 1^m,86 en avant des
liernes. Les intervalles entre les fermes ont été remplis par des
perrés en moellons smillés. Enfin, sur le pourtour du musoir des
jetées, la risberme en bordages formant la paroi du coffrage inférieur a été remplacée par un perré en moellons smillés, incliné à
45 degrés, et reposant sur une fondation en béton. Ces derniers
travaux furent exécutés en 1853-1855 au musoir de la jetée Ouest,
et en 1860 à celui de la jetée Est.

Une transformation du profil de la jetée S. O. a été récemment
entreprise et doit être étendue sur toute sa longueur.

Le perré à pierres sèches du côté du chenal est remplacé par
un perré courbe, maçonné avec mortier de ciment de Portland sur
toute sa hauteur, et les revêtements en charpente sont supprimés.
On a proposé de substituer également une maçonnerie aux revêtements en charpente des talus extérieurs et du couronnement de
la digue. Dans la portion de la jetée S. O. adossée à la batterie
des dunes, l'estacade en charpente qui supporte le tillac est rem-

placée par un terre-plein soutenu par un mur de quai, et reposant sur le massif intérieur d'enrochements.

On reconstruit en ce moment le musoir de la jetée, en appliquant un système analogue : on supprime les revêtements en bordages, et l'on y substitue une ceinture en maçonnerie de ciment sur une épaisseur d'environ $2^m,5o$; elle enveloppe le massif d'enrochements de toutes parts, jusqu'au niveau des hautes mers de vive eau, maintient les fermes en charpente qui s'y trouvent implantées, et les préserve des ravages causés habituellement par les lymnories.

Les dépenses relatives à cette transformation s'élèveront en totalité à $33o,ooo$ francs.

Tableau récapitulatif des travaux exécutés et des dépenses faites pour la construction et la restauration des jetées actuelles.

OUVRAGES EXÉCUTÉS.	DÉPENSES.	LOIS, DÉCRETS ET DÉCISIONS.
	fr. c.	
Construction des nouvelles jetées.......	2,239,877 00	Lois du 28 juin 1829 et du 3o juin 1835.
Consolidation de la jetée Nord-Est et du barrage de l'ancienne entrée du port..	80,096 64	Lois du 16 juillet 1845 et de 1851, relatives au barrage éclusé des chasses.
Consolidation de la jetée Sud-Ouest.....	88,445 76	
Travaux pour restauration des deux jetées, 1857 à 1865....................	146,381 00	Décision ministérielle du 11 septembre 186o.
Grosses réparations d'avaries, 1852 à 1856 et 1863......................	61,700 00	
Travaux de restauration en cours d'exécution. — Dépenses faites jusqu'en 1872.	85,000 00	Décisions ministérielles des 8 avril 1869, 21 mai 1871 et 5 août 1872.
TOTAL...............	2,701,500 4o	

OBSERVATIONS.

Les dépenses annuelles d'entretien des jetées, non comprises dans ce tableau, peuvent être évaluées, en moyenne, à 10,000 francs.

Le port d'échouage a la forme d'un rectangle dont l'un des côtés est brisé, et qui est précédé d'un quadrilatère irrégulier. Le rectangle s'étend du barrage des chasses à l'extrémité du quai Bonaparte; le quadrilatère, compris entre le quai des Paquebots à l'Est, l'estacade de halage à l'Ouest, s'étend de l'origine des jetées au terre-plein de l'écluse du bassin à flot.

En arrière de l'estacade de halage, on a ouvert une grande crique d'épanouissement, dans laquelle se trouvent placées les nouvelles cales de construction.

La superficie totale du port d'échouage, non compris la crique d'épanouissement, est de 13 hectares.

La longueur de la partie rectangulaire est de 550 mètres environ.

La largeur dans cette partie du port varie entre 100 et 180 mètres.

Entre l'extrémité du quai Bonaparte et l'écluse à sas, on a réservé, en retour d'équerre sur le quai, l'emplacement d'une cale sèche pour la réparation des navires.

Le port d'échouage, bien qu'il ne présente pas encore une profondeur suffisante sur tous les points, a été déjà l'objet de travaux considérables, non-seulement pour faciliter l'accostage des navires à quai, mais aussi pour concentrer les eaux des chasses dans une cunette et éviter ainsi les ravinements le long des murs de quai. La cote du fond, qui varie beaucoup, est généralement comprise entre 9 mètres et $11^m,80$.

Les dépenses faites jusqu'à ce jour pour le creusement du port se sont élevées à 1,191,475 francs.

L'approfondissement du chenal s'est étendu à partir de l'extrémité du quai Bonaparte, en face de la Chambre de commerce, jusqu'en un point placé entre les jetées, à 80 mètres à l'aval de l'ancien musoir; le plafond a été réglé de $0^m,90$ à $1^m,20$ au-dessous du niveau des basses mers de vive eau, avec talus transversaux à 3 de base pour 1 de hauteur. En même temps, une rigole d'appel creusée en face du quai des Paquebots concentre dans le chenal les eaux des chasses, qui venaient faire des ravinements dangereux au pied des fondations.

Un projet complémentaire, pour le prolongement de la rigole d'appel destinée à concentrer les eaux de chasse jusqu'à la fosse située en aval du barrage éclusé, a été soumis à l'Administration et approuvé par décision du 1er avril 1868. Ces travaux sont en cours d'exécution.

Tableau récapitulatif des travaux exécutés et des dépenses faites pour le port d'échouage.

OUVRAGES EXÉCUTÉS.	DÉPENSES.	LOIS, DÉCRETS ET DÉCISIONS.
	fr. c.	
Travaux exécutés de 1817 à 1837......	81,000 00	
Approfondissement du port[1].........	250,000 00	Loi du 17 juillet 1837.
Creusement du port à l'Est..........	55,000 00	Décision approbative du 12 jan-vier 1847.
Creusement du port à l'Ouest.........	66,062 00	Décision du 17 avril 1848.
Divers (enlèvement de roches, etc.)....	17,000 00	
Creusement du chenal et de l'avant-port et rigole d'appel...............	631,812 00	Décret du 25 août 1861.
Approfondissement du port d'échouage de-vant le quai Bonaparte[2].........	41,832 77	Décision du 15 janvier 1864.
Dévasement devant les quais des Bains et de la Victoire.................	25,398 00	Décision du 23 juin 1866.
Creusement de la cunette dans le port d'échouage[3].................	23,371 02	Décision du 1er avril 1868.
Total...............	1,191,475 79	

[1] Cette dépense comprend la consolidation des estacades.
[2] Travaux rattachés à ceux du quai Bonaparte.
[3] Les travaux sont en cours d'exécution.

Gril de carénage. — Le gril de carénage, placé dans l'angle du port d'échouage entre le quai Bonaparte et le mur en retour du barrage, a été construit par la chambre de commerce.

La partie adjacente au mur du barrage a une longueur de
19 mètres; la partie adjacente au quai Bonaparte, 55^m,50.

Le gril a 6^m,35 de largeur dans la première partie, 8^m,30 dans
la seconde. Les porions, de 0^m,35 sur 0^m,40 d'épaisseur, reposent
sur des pieux de 0^m,30 sur 0^m,30.

La dépense s'est élevée, en totalité, à 34,316 fr. 39 cent.

La chambre de commerce perçoit pour la location du gril :
pour les navires vides ou sur lest, 10 centimes par tonne et par
jour; pour les navires chargés, 15 centimes par tonne et par jour,
indépendamment du salaire du gardien.

Quais du port d'échouage. — Les quais de l'Est, à partir du barrage éclusé, portent différents noms et présentent les longueurs
suivantes :

Quais des Bains et de la Victoire...........	285^m	
Quais du Centre et de la Douane...........	236	884^m.
Quai des Paquebots...................	363	

Le quai de l'Ouest était autrefois divisé en deux parties par la
passe d'entrée dans le bassin semi-circulaire, qui a été remplacé
par le bassin à flot. La partie à gauche de la passe formait le quai
de l'Arrière-Garde, la partie à droite formait le quai Bonaparte.
Aujourd'hui ce dernier nom a prévalu pour désigner le quai de
l'Ouest.

Tous les quais sont aujourd'hui construits en maçonnerie avec
parements en pierre de taille. Le couronnement est formé par de
larges pierres de taille; en arrière, se trouve le terre-plein affecté à
la manutention des marchandises; il est revêtu d'un pavage.

Le port d'échouage peut contenir, outre quatre paquebots à
vapeur faisant le service régulier des voyageurs, quatre-vingts navires de 100 à 200 tonneaux, ou cent soixante bateaux de pêche.

Les quais de l'Est du port d'échouage, dans la partie comprise
entre le barrage éclusé des chasses et le quai des Paquebots, sont

utilisés à peu près exclusivement par les bateaux armés pour la pêche. La chaussée qui longe ces quais les met en communication facile avec la ville et avec la gare du chemin de fer.

Le quai des Paquebots, qui se trouve à la suite du quai de la Douane, est, au contraire, occupé exclusivement par les paquebots qui font le service régulier des voyageurs et marchandises, soit entre Boulogne et Folkestone, soit entre Boulogne et Londres par la Tamise.

Le quai à l'Ouest du port d'échouage ou quai Bonaparte est, sur toute sa longueur, à peu près exclusivement fréquenté par les bateaux armés pour la pêche.

Ce quai se trouve desservi par deux voies ferrées reliées avec la gare du chemin de fer du Nord; il est par conséquent dans une situation bien plus favorable que le quai des Paquebots pour le transbordement des marchandises entre le chemin de fer et les paquebots de Folkestone et de Londres. La translation de la station des paquebots au quai Bonaparte se fera dans un avenir prochain, et procurera une notable économie de temps et d'argent, par la suppression du camionnage sur 75,000 à 80,000 tonnes de marchandises par an.

Grues et magasins. — La chambre de commerce de Boulogne a été autorisée à mettre à la disposition des navires, le long des quais de l'Est, six grues de la force de 2,500 kilogrammes, et, en outre, à l'extrémité du quai des Paquebots, une grue de la force de 15,000 kilogrammes, utilisée, soit pour les chargements et déchargements exceptionnels, soit pour les opérations de mâtage et de démâtage des navires.

Les compagnies de paquebots possèdent, en outre, des grues mobiles pour leur usage exclusif.

Sur ce même quai des Paquebots, la chambre de commerce de Boulogne a fait établir des magasins pour l'examen de la douane, et sur le quai suivant un entrepôt.

Une grue de la force de 4,500 kilogrammes est placée sur le quai Est du bassin à flot.

Détails de construction des quais. —. Les quais du port de Boulogne datent de ce siècle. Les quais actuels de l'Est, en maçonnerie, ont été construits en 1840 et dans les années suivantes, en remplacement des vieux quais en charpente qui avaient été établis de 1800 à 1804, lors des préparatifs de l'expédition contre l'Angleterre. On remplaça en même temps par un quai l'estacade à claire-voie qui réunissait les anciens quais à la jetée de l'Est ou *jetée Pidou.* Ces travaux furent autorisés par la loi du 9 août 1839.

Le pied des quais est établi à une cote variable de 1ᵐ,80 à 2ᵐ,80 au-dessus du niveau des plus basses mers de vive eau; leur hauteur varie de 8ᵐ,50, vers l'extrémité du quai des Paquebots, à 7ᵐ,50, près du barrage éclusé.

Les murs sont fondés sur un massif de moellons de 0ᵐ,85 d'épaisseur, maintenus en avant par une ligne de pieux et palplanches battus à 3ᵐ,50 de profondeur.

Le parement des murs présente un fruit de $\frac{1}{10}$; leur épaisseur au niveau du couronnement varie de 2ᵐ,20, près du barrage au fond du port, à 2ᵐ,60, pour le quai des Paquebots.

Les dépenses faites pour la construction de ces murs montent, y compris les dépenses en régie, à la somme de 1,020,745 francs, ce qui fait ressortir leur prix moyen à 1,155 francs le mètre courant.

La largeur des quais affectée à la manutention des marchandises varie de 8 mètres à 14 mètres; elle est entièrement pavée. La superficie correspondante est de près de 7,000 mètres carrés.

Dès l'année 1846 et pendant les années qui suivirent, la portion des quais de l'Est formant le quai du Centre a éprouvé un double mouvement de translation et de renversement, auquel on a tenté de s'opposer par divers travaux de consolidation, tels que la reconstruction d'une portion des maçonneries et l'établissement d'un massif à pierres sèches en arrière. Tous ces travaux demeurèrent sans effet, et l'on fut obligé de reconstruire un nouveau mur à 7 mètres en avant du parement de l'ancien.

Ce nouveau mur présente des dimensions bien supérieures à celles des murs de quai qui l'avoisinent; il a 3 mètres d'épaisseur en couronne, 5^m,60 à la base, un fruit extérieur de $\frac{1}{6}$ avec retraite de 0^m,20 du côté des terres. Sa hauteur est de 9^m,20 ; il est établi sur un double socle en pierres de taille. Il repose sur une fondation en béton de 0^m,80 d'épaisseur, maintenue entre deux lignes de pieux et palplanches.

Les dépenses relatives à ce mur, qui occupe une longueur de 91^m,40 sur l'ancien quai, se sont élevées à 216,490 fr. 77 cent.

Une petite cale à côté du quai du Centre menace ruine et est devenue complétement inutile. Elle doit être supprimée et remplacée par un nouveau mur de quai.

Les quais de l'Ouest du port d'échouage, autrefois en charpente, sont d'une construction plus récente que les quais de l'Est; ils forment un seul alignement droit de 550 mètres de longueur, désigné sous le nom de quai Bonaparte.

Les murs ont une épaisseur de 2^m,50 en couronnement et 4^m,80 à 4^m,96 à la base, avec trois retraites intérieures de 0^m,50 chacune ; ils reposent sur un massif en béton de 0^m,80 à 1^m,10 d'épaisseur, maintenu en avant et en arrière par deux lignes de pieux et palplanches.

Le couronnement des murs est établi à la cote 20^m,24, soit à 10^m,24 au-dessus du niveau des basses mers de vive eau d'équinoxe, mais le pied des quais ou le dessus des lierres de fondation varie de 10^m,68 à 12^m,28, c'est-à-dire de 0^m,68 à 2^m,28 au-dessus du niveau des plus basses mers de vive eau, et la hauteur des murs varie par conséquent de 7^m,96 à 9^m,56.

Le parement du mur a un fruit de $\frac{1}{10}$; il est construit en pierres dites *Stinkal* (calcaire carbonifère du haut banc); le couronnement est formé par une seule pierre de 1 mètre de largeur.

4

Tous les mortiers sont fabriqués avec ciment de Portland, sauf dans la partie supérieure du mur du côté des terres, où l'on a employé la chaux de Boulogne mélangée de trass d'Andernach.

Les dépenses relatives à la construction du quai Bonaparte ont monté à la somme de 873,919 francs, ce qui fait ressortir le prix moyen du mètre courant à 1,500 francs environ.

Le mur n'est pas entièrement achevé ; la dépense nécessaire pour le terminer est estimée à 33,000 francs ; en outre, la cale réservée entre le quai et l'écluse à sas nécessiterait une dépense de 25,000 francs.

Tableau récapitulatif des travaux exécutés et des dépenses faites pour la construction des quais.

OUVRAGES EXÉCUTÉS.	DÉPENSES	LOIS, DÉCRETS ET DÉCISIONS.
	fr. c.	
Réparations antérieures à 1840. { Quai des Paquebots..	39,917 00	
Quai du Centre.....	39,000 00	
Quai de la Victoire..	9,279 00	
Murs contre l'estacade de l'Est et l'ancien barrage [1].......................	43,300 00	
Reconstruction des quais de l'Est en maçonnerie. { Quai des Paquebots.. Quai du Centre..... Quai de la Douane.. Quai de la Victoire..	1,020,745 56 [2]	Loi du 9 août 1839, affectant un crédit de 1,200,000 francs à la reconstruction des quais.
Reconstruction du quai du Centre......	216,490 77	Décision ministérielle du 26 mai 1858.
Construction du quai Bonaparte.......	873,919 56	Décisions du 21 juillet et du 24 octobre 1861.
TOTAL.	2,242,651 89	

[1] Travaux exécutés de 1837 à 1839.

[2] Dépenses totales : 1,093,714 fr. 90 cent. En retranchant de cette somme 72,969 fr. 34 cent. applicables au quai de la Caserne compris dans l'arrière-port, on trouve 1,020,745 fr. 56 cent.

§ 3. ARRIÈRE-PORT.

L'arrière-port et le bassin de retenue des chasses se trouvent situés sur le prolongement du port proprement dit, immédiatement en amont du barrage éclusé.

L'arrière-port s'étend du barrage actuel au pont Napoléon. Sa longueur est de 220 mètres sur 108 de largeur, et sa superficie est de 2 hectares. Il est bordé, du côté de l'Est, par un perré en pierres sèches incliné à 45 degrés. Du côté de l'Ouest, un mur de quai en maçonnerie longe le quai de la Crique.

Une voie ferrée est établie le long de ce quai, et forme l'origine des embranchements qui desservent aujourd'hui le quai de l'Ouest du port d'échouage et le quai de l'Est du bassin à flot.

Tableau récapitulatif des travaux exécutés et des dépenses faites pour l'arrière-port.

OUVRAGES EXÉCUTÉS.	DÉPENSES.	LOIS, DÉCRETS ET DÉCISIONS.
	fr. c.	
Construction du quai de la Caserne.....	72,969 34 [1]	Loi du 9 août 1839.
Construction d'une vanne de salubrité [2]..	4,781 24	
Travaux d'élargissement et rechargement des quais [3].....................	19,948 41	
Reconstruction du quai de la Crique [4]....	214,847 85	Décision ministérielle du 14 juin 1854.
TOTAL.................	312,546 84	

[1] Cette dépense a été faite en même temps que la reconstruction des quais de l'Est.
[2] Exécutée en 1857.
[3] Exécutés en 1858.
[4] Exécutée en 1855-1857.

L'arrière-port est limité à l'amont par le pont Napoléon, qui a été construit sur la Liane dans l'emplacement de l'ancien barrage; il est formé de trois arches en maçonnerie de 15 mètres d'ouverture, avec deux travées de rive de 12 mètres chacune.

4.

La longueur totale de l'ouvrage est de 110 mètres environ. Sa largeur est de 10ᵐ,10 entre les têtes.

Les dépenses de construction du pont Napoléon se sont élevées, en totalité, à 249,922 fr. 96 cent.

Les travaux ont été exécutés de 1856 à 1859.

§ 4. BARRAGE ÉCLUSÉ ET BASSIN DES CHASSES.

Au commencement de ce siècle, il n'existait à Boulogne aucune retenue de chasses : les eaux entraient librement dans le bassin de la Liane. Ce n'est qu'à l'époque des travaux exécutés pour préparer une descente en Angleterre (1800 à 1804) qu'un premier barrage de retenue fut établi, sur les dessins de M. l'ingénieur en chef Granclas. Il se trouvait à 240 mètres en amont du barrage actuel. On l'a démoli en 1854.

Le nouveau barrage éclusé a été exécuté d'après le projet dressé le 20 septembre 1845 par M. l'ingénieur en chef Marguet; il sépare le port d'échouage de l'arrière-port, qui s'y trouvait autrefois réuni.

Cet ouvrage se compose de deux pertuis de chasse latéraux, de 6 mètres de largeur chacun, et d'un pertuis central de 12 mètres de largeur, muni de portes d'ebbe et réservé pour la navigation. Ces pertuis sont séparés par des piles de 10 mètres d'épaisseur. La distance entre les parements extérieurs des culées est ainsi de 44 mètres; le barrage se rattache : en amont, aux quais de la Caserne et de la Crique; en aval, au quai de la Victoire, du côté de la ville, et au quai Bonaparte, du côté de Capécure.

La largeur du corps du barrage est de 32 mètres; les piles sont terminées par des parties circulaires de 5 mètres de rayon.

L'ensemble des piles et culées est établi sur un radier général de 34ᵐ,70 de largeur, compris entre deux lignes de pieux jointifs de 4 mètres de fiche.

Ce radier général en béton est arasé à la cote 12ᵐ,69; il a une épaisseur de 2 mètres, en y comprenant le dallage en pierres de taille qui en forme le revêtement dans les pertuis de chasse et de navigation.

Le barrage est garanti contre les affouillements : à l'amont, par un avant-radier de 16 mètres de largeur sur 70 mètres de longueur; à l'aval, par un radier de 24 mètres de largeur sur 70 mètres de longueur.

L'arrière-radier, placé à l'aval, se compose de 12 lignes de pieux parallèles; les pieux sont distants de 2 mètres d'axe en axe et ont 3 mètres de longueur; ils sont recouverts de chapeaux sur lesquels sont fixés des madriers d'orme de 0^m,07 d'épaisseur; les pieux formant les côtés et la ligne antérieure du radier sont descendus à 4 mètres de profondeur, et garnis, dans les intervalles, de palplanches jointives. Une couche de béton, dans laquelle se trouvent noyées les têtes des pieux, règne sur toute la surface de l'ouvrage sous le revêtement en madriers.

L'avant-radier, placé à l'amont, est construit de la même manière, avec huit lignes de pieux parallèles.

Le radier d'aval, ou arrière-radier, est lui-même garanti, sur tout son pourtour, par deux séries de plates-formes en fascinage, de 6 mètres de largeur chacune et de 1 mètre d'épaisseur, maintenues par deux lignes de pieux espacés de 2 mètres et recouvertes d'enrochements en libages arrimés sur 1^m,20 d'épaisseur.

Enfin ce dernier ouvrage est lui-même protégé par des enrochements à pierres perdues, descendant jusqu'à 5 ou 6 mètres au-dessous de la surface du radier.

Le pont établi sur le barrage éclusé est en partie fixe, en partie mobile.

Les deux parties fixes sont formées par deux voûtes en arc de cercle de 6 mètres d'ouverture, jetées sur les pertuis de chasse et offrant une largeur de 8 mètres entre les têtes.

Le pont tournant en tôle, établi sur le pertuis de navigation de 12 mètres d'ouverture, se compose de deux parties sensiblement égales, mobiles chacune autour d'un axe fixé dans la maçonnerie des piles, à 3^m,55 en arrière du parement, et ayant chacune une longueur moyenne de 14^m,63.

La largeur du pont est de 7 mètres entre les garde-corps.

La voie charretière et les trottoirs sont en charpente. La voie charretière a 5 mètres de largeur, et les trottoirs 1 mètre chacun.

Chaque pertuis de chasse est fermé par un vantail unique, de 5^m,92 de largeur, tournant autour d'un poteau d'axe qui le divise en deux parties égales.

Le vantail a 6^m,55 de hauteur et est distant du radier de 0^m,18.

Les poteaux valets ont 0^m,45 de diamètre.

Deux vannes en tôle, manœuvrées au moyen de crics, sont placées dans l'un des côtés du vantail, et peuvent démasquer deux ouvertures de 0^m,95 de largeur sur 3 mètres de hauteur. Ces vannes permettent de fermer les portes contre le courant des chasses.

Le pertuis de navigation est fermé au moyen de deux portes d'ebbe, maintenues contre la mer montante au moyen de portes valets ou portes butantes à claire-voie. Chaque vantail a une largeur de 7^m,37 du dehors du poteau tourillon au dehors du poteau busqué, une hauteur de 6^m,50 et une épaisseur de 0^m,78 hors œuvre, et est distant du radier de 0^m,15.

Dans chaque vantail sont ménagées cinq vannes, offrant chacune 0^{mq},48 de débouché (ensemble 2^{mq},40), qui sont destinées à augmenter la puissance des chasses.

Un projet de portes d'ebbe et de flot, à placer dans le pertuis de navigation de manière à offrir aux chasses, au moyen de vannes tournantes, un débouché de 14^{mq},50, a été approuvé par l'Administration le 10 août 1870. La dépense est estimée à 110,000 francs.

Le bassin de retenue des chasses, y compris l'arrière-port, a une surface de plus de 60 hectares. Il y a quelques années, les digues qui bordent la Liane se trouvaient encore, en beaucoup de points, au-dessous du niveau des hautes mers d'équinoxe.

Un projet d'exhaussement de ces digues au moyen de déblais

pris dans le lit de la Liane a été dressé le 19 septembre 1866, approuvé par décision ministérielle du 27 janvier 1868 et exécuté de 1868 à 1870. Elles ont été relevées de 0^m,50 au-dessus des plus fortes marées.

Les dépenses montent à 140,348 fr. 97 cent.

La hauteur des retenues a pu être portée à 6^m,25 sur le radier du barrage dans les pleines mers de vive eau d'équinoxe; la surface mouillée du bassin est alors de 65 hectares 88 ares, ce qui correspond à un volume d'eau de 1,640,000 mètres cubes.

L'eau s'écoule par les pertuis en deux heures et demie environ.

Ce débit doit être notablement augmenté par l'établissement des vannes tournantes, dont l'exécution est approuvée par l'Administration.

Tableau récapitulatif des travaux et dépenses.

OUVRAGES EXÉCUTÉS.	DÉPENSES.	LOIS, DÉCRETS ET DÉCISIONS.
	fr. c.	
Construction du barrage éclusé et du pont tournant [1].................	1,159,457 60	Loi du 16 juillet 1845.
Établissement des nouvelles portes de chasse [2].....................	39,188 92	Décision ministérielle du 11 juillet 1855.
Creusement de la Liane et exhaussement des digues	140,348 97	Décision approbative du 25 janvier 1868.
Enlèvement de l'atterrissement de l'abattoir........................	22,214 36	Décision du 17 mars 1869.
Total...............	1,361,209 85	

[1] Travaux exécutés de 1846 à 1855.
[2] Exécuté de 1855 à 1856.

§ 5. BASSIN À FLOT.

Le bassin à flot du port de Boulogne est situé à l'Ouest du port d'échouage, dans l'emplacement de l'ancien bassin semi-circulaire créé au commencement de ce siècle pour les bâtiments de la flottille.

Dès 1837, M. l'ingénieur en chef Marguet proposait, en même temps que l'exécution d'un nouveau barrage de chasses, la création d'un bassin à flot dans l'emplacement du bassin semi-circulaire ; mais ce n'est qu'en 1858 que le projet d'ensemble du bassin à flot et des ouvrages qui s'y rattachent a été approuvé.

Ce projet comprenait : le creusement du bassin destiné à être transformé en bassin à flot ; la construction de murs de quai au pourtour ; la construction d'une écluse à sas ; l'établissement de criques d'épanouissement, avec cales de construction à l'aval de l'écluse. On y rattachait également l'établissement du nouveau quai en maçonnerie soutenant le terre-plein de l'Est le long du port d'échouage.

Le bassin à flot a 387^m,92 de longueur totale et 192^m,70 de largeur. Sa longueur est parallèle à la direction du port d'échouage.

Il présente au Sud deux pans coupés, de 75 mètres chacun ; une cale a été ménagée dans l'angle N. O. pour le déchargement des bois du Nord. Deux escaliers sont placés aux extrémités du quai Est.

La superficie du bassin est de 6 hectares 86 ares 59 centiares.

Le développement des quais est de 1,043 mètres ; la largeur affectée aux marchandises varie de 20 à 24 mètres.

La communication avec le chenal est assurée par une écluse à sas de 21 mètres de largeur, dirigée dans le sens de la longueur du bassin.

La longueur du sas entre les buscs est de 100 mètres.

Cette écluse est munie de deux paires de portes : celles d'aval, qui sont métalliques, reposent sur des roulettes ; celles d'amont, qui sont en bois et qu'on ne manœuvre qu'avec le plein du bassin, sont suspendues.

Le fond du bassin est à la cote 9 mètres, soit à 1 mètre au-dessous des plus basses mers.

Le seuil des buscs de l'écluse est à la cote 9^m,50.

Le dessus des tablettes de couronnement est à la cote 20^m,24, soit à plus de 1 mètre au-dessus des hautes mers de vive eau d'équinoxe.

Les tirants d'eau sur les buscs de l'écluse sont de $9^m,04$ à haute mer de vive eau ordinaire, et de $7^m,20$ à haute mer de morte eau.

Des voies ferrées, placées le long du quai Est du bassin et se reliant à celles qui longent le quai Bonaparte, établissent la communication avec la gare des marchandises du chemin de fer du Nord.

Les murs de quai du bassin reposent sur une couche de béton de $0^m,825$ d'épaisseur moyenne, maintenue par une file de pieux. et de palplanches de $4^m,35$ et $2^m,85$ de fiche.

Les murs ont, au niveau de la fondation, leur parement extérieur à $0^m,50$ en arrière des palplanches, avec fruit de $\frac{1}{10}$. Ils sont couronnés par une tablette de $0^m,40$ d'épaisseur et de 1 mètre de largeur; ils ont une épaisseur moyenne égale à la fraction $0,41$ de leur hauteur, qui est de $10^m,74$.

Le parement extérieur est en pierres de taille et moellons smillés.

Un pavage maçonné recouvre les maçonneries de remplissage en arrière de la tablette de couronnement.

Le terre-plein des quais présente une pente transversale de $0^m,025$.

La *cale aux bois*, qui s'ouvre dans un pan coupé à l'angle N. O., a 60 mètres de longueur sur 30 mètres de profondeur, et son seuil est à $0^m,82$ au-dessus des hautes mers de morte eau. La pente est de $0^m,09$.

Les murs latéraux de la cale sont portés par des voûtes en maçonnerie. Des organeaux ont été placés, pour l'amarrage, sur les musoirs et sur des dés en maçonnerie noyés dans le pavage.

Cette cale sert aux déchargements des longues poutres par un sabord placé à l'avant des navires.

Les escaliers dans les angles, aux extrémités du quai Est du bassin à flot, ont 4 mètres de largeur et sont portés par des voûtes reposant sur les fondations des quais.

L'écluse à sas est fondée sur une aire générale en béton, de $1^m,25$ d'épaisseur, reposant sur des couches de marnes appartenant à l'étage kimmeridgien.

La longueur totale du radier, entre les files de pieux et palplanches des têtes, est de $163^m,23$; son épaisseur, comprenant le béton et la maçonnerie, est de $2^m,69$ dans la longueur du sas, sur l'axe de l'écluse; sous les têtes, la fondation est descendue à $1^m,37$ plus bas. Les massifs de maçonnerie qui portent les têtes forment ainsi deux longs parafouilles à l'amont et à l'aval du sas.

Dans le sas, le radier est revêtu en moellons smillés de $0^m,25$ de queue. Sa surface est plane seulement sur 4 mètres de largeur et se raccorde par des surfaces elliptiques avec les bajoyers.

La tête amont comprend une chambre de portes d'ebbe avec enclaves de $2^m,20$ de profondeur, et un busc dont la saillie est de $\frac{1}{5}$ de la largeur du sas, soit $4^m,20$. Le seuil qui précède la chambre a $8^m,11$ de large.

La tête aval comprend, outre la chambre des portes d'ebbe, une chambre pour des portes de flot à claire-voie, qui sont destinées à diminuer le ressac, mais qui ne seront posées que s'il est nécessaire. Les deux chambres sont séparées par un double busc, et en aval se trouve un seuil de $11^m,31$ de largeur. Les revêtements du radier des têtes, ainsi que les parements des bajoyers, sont en pierres de taille.

Les bajoyers sont couronnés à la cote $20^m,44$ par des tablettes de 1 mètre de largeur; ils ont, dans la longueur du sas, $3^m,20$ d'épaisseur sous le couronnement, et portent, de 2 mètres en 2 mètres, des retraites intérieures de $0^m,50$; au droit des têtes, l'épaisseur est de $4^m,65$ sous le couronnement, et le nombre des retraites, qui est de quatre, la porte à $6^m,39$ à la base.

La vidange et le remplissage du sas s'opèrent au moyen d'aqueducs latéraux de $1^m,50$ de largeur, ménagés dans les massifs de maçonnerie des têtes, deux à l'amont et deux à l'aval, et fermés par des vannes. Ces vannes, placées dans des chambres carrées avec rainures, sont manœuvrées au moyen de crics par des hommes placés sur le terre-plein de l'écluse.

Les portes d'ebbe d'amont sont en bois. Chaque vantail a $12^m,26$ de largeur totale sur $9^m,75$ de hauteur; l'ossature se compose de deux poteaux, le poteau tourillon et le poteau busqué, réunis par les entretoises inférieure et supérieure, et par 9 entretoises intermédiaires.

Les huit entretoises placées au-dessus de l'entretoise inférieure sont doubles, c'est-à-dire formées de deux entretoises superposées et resserrées par des boulons, et parmi ces entretoises doubles, les cinq premières, à partir du bas, sont renforcées par une âme en tôle avec cornières formant double T sur chaque rive. Chaque entretoise simple est composée de pièces assemblées à redans avec clefs de serrage en fer. L'épaisseur totale d'une entretoise est de $0^m,85$ au milieu. Chaque vantail a reçu, sur la face courbe placée à l'amont, un bordé en chêne de $0^m,10$ d'épaisseur.

Les portes sont suspendues au moyen de deux écharpes jumelles en fer, de $0^m,18$ sur $0^m,03$, fixées au pied du poteau busqué par un boulon d'acier, et s'engageant par des bouts filetés dans les oreilles d'un chapeau de bronze qui coiffe le poteau tourillon. Le tourillon qui surmonte le chapeau en bronze a $0^m,30$ de diamètre; le collier qui le maintient est embrassé par deux tirants en fer, de $0^m,10$ sur $0^m,10$ d'équarrissage, noyés dans les maçonneries.

La crapaudine chaussant le pied du poteau tourillon est en bronze; le pivot, qui a $0^m,32$ de diamètre, pénètre dans un pot scellé dans les bourdonnières, et porte sur une lentille de $0^m,06$ d'épaisseur.

L'entretoise supérieure de chaque vantail, élargie au moyen de fourrures et recouverte d'un plancher, forme une passerelle sur laquelle on descend au moyen d'un escalier en fer.

Les portes sont mailletées jusqu'au niveau des basses mers de morte eau.

Les portes d'ebbe d'aval sont en tôle; chaque vantail, formé par une coque métallique, a $12^m,26$ de largeur sur $9^m,80$ de hauteur.

La coque est constituée par deux plaques verticales, revêtues de fourrures en *green heart*, figurant le poteau tourillon et le poteau busqué; elles sont réunies par onze entretoises, y compris les entretoises supérieure et inférieure. L'enveloppe extérieure, formée de plaques de tôle, est plane du côté d'aval, courbe du côté d'amont. Trois armatures verticales, une au milieu, les deux autres au quart et aux trois quarts du vantail, réunissent les entretoises et répartissent la pression entre elles aussi uniformément que possible.

Les plaques verticales de fermeture, en tôle de $0^m,016$ d'épaisseur, sont reliées aux tôles-enveloppes par des cornières et rivées sur les cornières d'about des entretoises. Elles sont renforcées par des fers à T verticaux.

Les onze entretoises forment dix compartiments; elles sont construites uniformément : l'âme a $0^m,010$ d'épaisseur, et les deux plates-bandes, $0^m,170$ de largeur sur $0^m,0095$ d'épaisseur. La hauteur de l'âme est, au milieu, de $0^m,78$.

Des dix compartiments formés par les entretoises, les sept premiers, à partir du bas, forment deux chambres à air. La chambre inférieure comprend quatre compartiments, et l'autre, trois seulement. Les trois compartiments réservés au-dessus forment une chambre à eau, où la mer peut pénétrer librement, de telle sorte que le volume d'eau déplacé reste sensiblement constant, quelle que soit la hauteur de l'eau au-dessus de la septième entretoise. Ce volume d'eau déplacé étant alors de $62^{mc},50$ environ, et le poids d'un vantail de 70 tonnes, le poids supporté par le pivot et la roulette est encore de 7 tonnes 1/2.

Les deux chambres à air et à eau sont séparées par des entretoises étanches. On peut pénétrer dans chaque chambre par des cheminées spéciales avec trous d'homme débouchant au-dessus de la porte.

Une pompe de cale permet d'enlever les eaux qui ont pu pénétrer dans les chambres à air.

Les tôles qui forment l'enveloppe ont des épaisseurs graduées de $0^m,008$ à $0^m,016$, suivant leur profondeur et les pressions qu'elles supportent.

Les portes sont maintenues par un collier embrassant le tourillon de tête ; il est solidement fixé sur l'entretoise supérieure, au moyen d'un empatement qui n'a pas moins de $1^m,60$ de longueur.

Le tourillon est en fer et a $0^m,30$ de diamètre ; le collier, également en fer, a $0^m,15$ sur $0^m,08$; il est retenu par des tirants de $0^m,10$ sur $0^m,10$, noyés dans les maçonneries.

La crapaudine, fixée par un sabot à l'entretoise du bas, repose, par l'intermédiaire d'un culot d'acier, sur un pivot en acier de $0^m,20$ de diamètre, encastré dans la bourdonnière.

Les portes s'appuient de plus sur une roulette conique de $0^m,63$ de diamètre, dont l'essieu est situé dans le plan passant par l'axe de rotation et le centre de gravité du vantail.

Cette roulette, placée dans une retraite du compartiment du bas, est fixée sur un essieu de $1^m,50$ de longueur, dont les extrémités sont maintenues par deux supports en fer forgé mobiles entre glissières, ce qui permet d'en modifier la direction. Un arbre vertical, terminé, sur le dessus de la porte, par une partie filetée qui traverse un écrou en bronze, permet de régler le poids supporté par la roulette.

Pendant le mouvement du vantail, la roulette suit un rail circulaire en fonte du système Vignole, encastré dans le dallage de la chambre.

Les fourrures en bois qui forment le poteau tourillon et le poteau busqué sont en *green heart,* bois d'une grande dureté, que n'attaquent pas les tarets. Un madrier fixé sur l'entretoise inférieure porte sur le busc.

La passerelle de service, établie au niveau du couronnement

des bajoyers, repose sur les portes par l'intermédiaire de fermettes
et de deux cours de cornières horizontales.

Les portes d'ebbe d'amont et d'aval sont maintenues en place
par des portes valets qui se logent dans les enclaves.

Les manœuvres des portes se font au moyen de treuils à double
engrenage; chaque treuil sert à ouvrir le vantail situé du même
côté que lui et à fermer le vantail du côté opposé. Les treuils sont
munis de freins.

Le bassin à flot est ouvert pendant 4 heures 3o minutes en vive
eau et 3 heures 3o minutes en morte eau.

Estacade de halage et crique des cales. — La tête d'aval de l'écluse
à sas est reliée à l'origine de la jetée du Sud-Ouest par une estacade à claire-voie, avec chemin de halage.

En arrière de l'estacade, à l'Ouest, se trouve la crique servant
à l'épanouissement des lames; au fond sont les cales pour la construction des grands bâtiments.

Une ouverture de 12 mètres a été ménagée en conséquence au
milieu de l'estacade pour l'entrée et la sortie des navires; sur cette
ouverture est jetée une passerelle mobile.

L'estacade de halage est formée par un système de fermes en
charpente, distantes de 3 mètres d'axe en axe et composées de poteaux montants avec bracons et moises, reposant sur des pieux et
maintenus au moyen de contre-fiches.

Le chemin de halage, établi à la cote 20^m,24, a 3 mètres de
largeur entre les garde-corps.

La crique d'épanouissement a une longueur de 240 mètres, et
les cales occupent sur son pourtour une longueur de 200 mètres.

Elle est limitée par un perré du côté de la batterie des dunes.
A la partie supérieure du perré, un chemin rattache les chantiers
et le bassin à flot à la jetée du S. O. Ce chemin est utilisé pour
le service de lestage : on y a posé récemment une voie ferrée.

Tableau récapitulatif des travaux exécutés et des dépenses faites
pour la construction du bassin à flot.

OUVRAGES EXÉCUTÉS.	DÉPENSES.	LOIS, DÉCRETS ET DÉCISIONS.
	fr. c.	
Écluse à sas et premiers déblais des cales.	2,126,242 91	Décisions du 12 février 1858 et du 8 janvier 1868. Décret du 27 décembre 1858.
Murs de quai....................	2,202,824 28	Décision du 1ᵉʳ avril 1868.
Enlèvement du batardeau...........	141,384 20	Décision du 30 décembre 1864.
Maison éclusière.................	58,981 85	Décision du 17 mai 1862.
Premier creusement du bassin........	350,137 30	Décision du 7 septembre 1863.
Portes d'amont de l'écluse...........	163,050 91	Décision du 1ᵉʳ août 1867.
Portes d'ebbe d'aval de l'écluse.......	144,688 85	Décision du 15 novembre 1867.
Creusement du chenal de l'écluse et construction d'une estacade et derniers déblais du bassin................	732,127 77	Décisions des 13 avril et 13 juin 1867.
Organisation des grandes cales de construction [1].....................	50,000 00	Décision du 8 mai 1868.
Construction de la passerelle mobile au centre de l'estacade [1].............	8,700 00	Décision approbative du 29 octobre 1872.
Aqueduc collecteur et divers.........	43,700 00	
Indemnités diverses..............	12,631 00	
TOTAL.............	6,034,469 07	

[1] Travaux en cours d'exécution.

CHAPITRE IV.

COMMERCE ET PÊCHE.

___

COMMERCE.

Le port de Boulogne, encombré par les sables vers la fin du siècle dernier, ne pouvait alors recevoir que des bâtiments de 100 à 150 tonneaux, tirant au maximum de 11 à 12 pieds d'eau, et il ne pouvait guère en contenir plus de cinquante.

Une vingtaine de navires seulement y faisaient le grand et le petit cabotage.

Le nombre des bâtiments de commerce entrés et sortis du port de Boulogne en 1789 était de 1,100 environ. Dans ce nombre ne sont pas compris les bateaux pêcheurs.

Sous l'Empire, les relations commerciales avec l'Angleterre étant suspendues, Boulogne se trouva transformé en port militaire. Durant la Restauration, le commerce ne fit aucun progrès, et l'on constate même une diminution dans les produits des droits de navigation, à partir de 1821 jusqu'en 1833.

Sous l'influence des améliorations exécutées depuis 1837, le port de Boulogne a pris, au contraire, une importance commerciale dont on peut se faire une idée d'après les chiffres suivants :

Les droits de douane, qui étaient de 757,177 francs en 1836, s'élèvent, en 1853, à 2,915,791 fr., atteignent 4,838,643 fr. en 1857, et 6,861,164 francs en 1869.

Si l'on examine le mouvement de la navigation, on remarque une diminution notable dans la marine à voiles, qui est remplacée par la marine à vapeur.

Navires entrés dans le port de Boulogne.

ANNÉES.	NATIONALITÉS.	NAVIRES A VOILES.		NAVIRES A VAPEUR[1].	
		NOMBRE.	JAUGEAGE.	NOMBRE.	JAUGEAGE.
1836.........	Français....... 254 Étrangers....... 701	955[2]	tonneaux. 120,564	//	tonneaux. //
1853.........	Français....... 77 Étrangers....... 247 En relâche...... 131	455[3]	39,286	635	106,519
1857.........	Français....... 234 Étrangers....... 396	630[4]	61,174	898 dont 3 français	154,442
1869.........	Français....... 421 Étrangers....... 474	895[5]	96,680	1,156 dont 5 français	245,953

[1] Les navires à vapeur qui font le service des dépêches n'ont pas été indiqués.
[2] 116 navires en relâche sont compris dans ce chiffre.
[3] Les 131 navires en relâche français et étrangers réunis.
[4] 148 navires à voiles en relâche.
[5] 55 navires à voiles en relâche.

Aujourd'hui, le tonnage des navires à voiles varie de 80 à 500 tonneaux, et leur tirant d'eau, de 2 mètres à 5^m,50; les plus forts peuvent entrer ou sortir une heure et demie avant la pleine mer et deux heures ou deux heures et demie après.

Les paquebots à vapeur qui font le service régulier des voyageurs et des marchandises de France en Angleterre entre Boulogne et Folkestone, ou entre Boulogne et Londres par la Tamise, ont un tonnage variable de 200 à 350 tonneaux; leur tirant d'eau, qui varie de 2^m,27 à 2^m,92 (7 à 9 pieds), est, en moyenne, de 2^m,40. Les paquebots ne peuvent entrer ou sortir que deux à trois heures avant la pleine mer, ou trois heures et demie à quatre heures après; ils sont obligés, par conséquent, de régler leur service d'après l'heure de la marée.

Les relations commerciales du port de Boulogne ont lieu principalement avec l'Angleterre, la Suède et la Norvége, l'Allemagne, le Danemark, la Russie, l'Espagne et le Portugal.

A l'importation et à l'exportation, l'Angleterre tient le premier rang. Les principaux objets importés sont : les charbous (60 à 70 p. o/o), puis les fontes brutes, les laines, les cotons, la bourre de soie, le lin teillé, les machines et mécaniques. Les objets d'exportation comprennent les céréales, les vins, des tissus de soie, de laine ou de coton, des œufs, des volailles, des bouteilles, etc.

Les objets d'importation d'autres provenances sont notamment les bois de la Suède et de la Norwége, et les minerais de fer de l'Espagne, venant de Bilbao ou de Santander.

Les objets d'exportation pour les pays autres que l'Angleterre comprennent des céréales, des fontes moulées, des ciments.

Le montant total des importations a été, en 1869, de 188,137 tonnes, dont 178,817 venant de l'étranger, et 9,320 venant d'autres ports français.

Celui des exportations a été de 60,058 tonnes.

Les exportations pour l'étranger entrent dans ce total pour 46,822 tonnes, et le cabotage pour 13,236 tonnes.

Les tableaux du mouvement de la navigation montrent que le port de Boulogne rend de grands services comme port de relâche. Aussi a-t-il été question d'y créer une rade de refuge.

Les navires en avarie peuvent y trouver un gril de carénage et une cale pour les réparations.

PÊCHE.

La pêche a été de tout temps une des principales occupations des habitants de cette côte. En 1789, elle entretenait 120 à 130 bateaux, dont 40 à 45 pour le hareng; plusieurs grands bateaux étaient, en outre, envoyés à la pêche de la morue. Le nombre des hommes d'équipage dépassait 700, et le produit variait de 250,000 à 300,000 francs.

En 1836, il existait à Boulogne 160 bateaux de pêche de 30 tonneaux et au-dessous, faisant la pêche du maquereau et du hareng, et 32 bateaux, jaugeant ensemble 988 tonneaux, faisant la pêche de la morue.

Le nombre des bateaux de pêche n'a pas sensiblement varié : en 1869, on ne trouve que 157 bateaux, mais ces bateaux jaugent 8,100 tonneaux, ce qui porte à près de 50 tonneaux le tonnage moyen.

Les produits de la pêche sont considérables, et Boulogne est devenu le premier port de pêche de France. Ses produits comprennent, d'une part, le poisson expédié à l'intérieur, et, de l'autre, le poisson consommé sur place.

Le poids du poisson expédié à l'intérieur en 1867 était de 14,000,000 kilogrammes; en 1871 il s'est élevé à 24,000,000 kilogrammes. Il y aurait à déduire de ce dernier chiffre environ 800,000 kilogrammes de poisson de provenance étrangère.

Le produit de la vente sur place a varié, dans les cinq dernières années, de 1,290,000 à 1,640,000 francs pour le poisson frais, et de 3,400,000 à 6,028,000 francs pour le poisson salé.

Armements pour la pêche.

ANNÉES.	NOMBRE D'HOMMES inscrits dans le quartier.	NOMBRE DE BATEAUX.		TONNAGE TOTAL.
				tonneaux.
1857...................	3,004	Boulogne............ 136		4,896
		Portel............. 36		144
1867...................	3,130	Boulogne............ 156		6,635
		Portel............. 49		270
1868...................	2,802	Boulogne........... 150		7,000
		Portel............. 40		240
1869...................	3,087	Boulogne........... 157		8,100
		Portel............. 48		270
1870...................	3,125	Boulogne.... 153		6,100
		Portel............. 40		265
1871...................	3,142	Boulogne........... 188		8.249
		Portel............. 46		276

OBSERVATIONS.

Pêche au chalut et à l'hameçon , et grande pêche. — La plupart des bateaux du Portel naviguent à Boulogne.

Produits de la pêche.

ANNÉES.	POISSON EXPÉDIÉ DE BOULOGNE PAR CHEMIN DE FER OU PAR MER.				POISSON VENDU A BOULOGNE.			
	VOIE DE TERRE.		VOIE DE MER.	TOTAUX. (a)	FRAIS.	SALÉ.		
	Frais.	Salé.				Hareng.	Morue.	Maquereau.
	kilogr.	kilogr.	kilogr.	kilogr.	kilogr.	kilogr.	kilogr.	kilogr.
1867	4,430,134	9,640,183	1,142,517	14,863,821	1,640,319	4,209,692	428,470	9,646
1868	3,942,833	11,368,330	1,455,014	16,766,177	1,550,589	4,479,768	418,204	159,699
1869	4,648,284	10,663,419	1,551,100	16,962,803	1,618,876	4,330,625	504,864	357,378
1870	3,048,966	5,759,295	4,915,231	13,723,492	1,289,552	2,368,851	495,145	552,000
1871	6,693,930	12,919,636	4,853,851	24,467,419	1,586,981	4,964,823	499,525	564,845

OBSERVATIONS.

Les chiffres de la colonne (a) et ceux des trois colonnes précédentes, sauf pour l'année 1867, contiennent le poisson de provenance étrangère expédié de Boulogne.

RENSEIGNEMENTS GÉNÉRAUX.

MARÉES.

Établissement du port................................. $11^h 26^m$
Unité de hauteur...................................... $3^m,96$
Durée de l'étale...................................... 30 minutes.

HAUTEUR DU NIVEAU MOYEN, PAR RAPPORT AU ZÉRO DES CARTES MARINES,

Des pleines mers de vive eau ordinaires.................... $8^m,90$
Des pleines mers de morte eau ordinaires.................... 7 ,06

CHENAL ENTRE LES JETÉES.

Largeur à l'entrée..................................... $75^m,00$
Longueur.. 650 ,00
Profondeur d'eau $\{$ en vive eau ordinaire.................. 9 ,54
en morte eau ordinaire................ 7 ,70

ÉCLUSE DU BASSIN À FLOT.

Écluse à sas..... $\{$ Largeur............................ $21^m,00$
Longueur.......................... 100 ,00
Hauteur d'eau sur le $\{$ en vive eau ordinaire . 9 ,04
busc de l'écluse... $\}$ en morte eau ordinaire. 7 ,20

SUPERFICIE AFFECTÉE AU SÉJOUR DES NAVIRES.

Avant-port.. $\}$
Port d'échouage....................................... $\}$ 13 hectares.
Bassin à flot... $6^h 86^a 59^c$

LONGUEUR TOTALE DES QUAIS

Du port d'échouage.................................... 1,434 mètres.
Du bassin à flot...................................... 1,043

BOULOGNE.

SUPERFICIE TOTALE DES TERRE-PLEINS DES QUAIS

Du port d'échouage .... 19,800 mètres carrés.
Du bassin à flot 22,500

BASSIN DES CHASSES.

Superficie mouillée *maxima* 65ʰ 88ᵃ
Contenance utile en pleine mer de vive eau ordinaire .... 1,382,500 mètres cubes.

Dépenses totales de premier établissement au 1ᵉʳ janvier 1873.... 14,134,000 francs.

ENTRÉES.

ANNÉES.	NATIONA- LITÉS.	NAVIRES A VOILES.				NAVIRES A VAPEUR.				RELÂCHEURS.		TOTAL des TROIS CATÉGORIES.	
		NOMBRE DES NAVIRES			Ton- nage.	NOMBRE DES NAVIRES			Ton- nage.	Nom- bre.	Ton- nage.	Nom- bre.	Tonnage.
		char- gés.	sur lest.	total.		char- gés.	sur lest.	total.					
1860	Français..	597	43	204	13,144'	859	7	3	371'	78	5,944'	1,588	219,846'
	Étrangers.			436	53,988			863	145,480	4	419		
1861	Français..	109	34	143	9,393	»	2	2	397	98	7,137	1,959	270,244
	Étrangers.	617	44	661	78,209	1,027	13	1,040	173,426	15	1,682		
1862	Français..	131	47	178	9,886	1	11	12	2,396	66	6,140	2,009	314,488
	Étrangers.	518	51	569	72,991	1,169	6	1,175	221,959	9	1,116		
1863	Français..	152	96	248	14,811	1	7	8	1,870	63	4,236	1,824	279,874
	Étrangers.	437	53	490	63,330	1,004	8	1,012	194,870	3	257		
1864	Français..	157	59	216	12,669	»	15	15	3,325	71	4,624	1,894	296,747
	Étrangers.	468	58	526	63,230	1,056	6	1,062	212,355	4	544		
1865	Français..	195	81	276	17,743	17	»	17	3,293	46	3,162	2,018	317,761
	Étrangers.	437	69	506	67,730	1,140	24	1,164	224,551	9	1,282		
1866	Français..	182	96	278	19,919	10	2	12	2,344	57	3,995	2,063	333,527
	Étrangers.	479	36	515	73,676	1,118	78	1,196	233,018	5	575		
1867	Français..	183	84	267	19,366	6	1	7	764	53	4,503	2,322	376,919
	Étrangers.	548	53	601	74.825	1,346	45	1,391	276,881	3	580		
1868	Français..	157	97	254	18,010	34	4	38	3,200	63	4,862	2,088	333,869
	Étrangers.	499	53	552	71,979	1,163	17	1,180	235,718	1	100		
1869	Français..	228	140	368	25,767	4	1	5	485	53	4,124	2,051	342,633
	Étrangers.	408	63	471	66,500	1,100	51	1,151	245,468	3	289		

SORTIES.

ANNÉES.	NATIONA-LITÉS.	NAVIRES A VOILES.				NAVIRES A VAPEUR.				RELÂCHEURS.		TOTAL des TROIS CATÉGORIES.	
		NOMBRE DES NAVIRES			Ton-nage.	NOMBRE DES NAVIRES			Ton-nage.	Nom-bre.	Ton-nage.	Nom-bre.	Tonnage.
		char-gés.	sur lest.	total.		char-gés.	sur lest.	total.					
1860	Français..	238	395	214	13,919	859	4	2	327	70	5,410	1,570	216,514
	Étrangers.			419	51,422			861	145,017	4	419		
1861	Français..	108	35	143	10,055	»	2	2	397	95	6,959	1,922	263,172
	Étrangers.	8	617	625	70,088	1,022	21	1,043	174,126	14	1,552		
1862	Français..	120	47	167	9,652	1	11	12	2,396	68	4,771	2,001	313,253
	Étrangers.	26	544	570	78,615	1,164	12	1,176	221,889	8	930		
1863	Français..	189	61	250	15,602	1	7	8	1,870	60	4,022	1,844	284,076
	Étrangers.	24	486	510	67,395	1,005	8	1,013	194,980	8	257		
1864	Français..	154	73	227	14,462	»	14	14	3,054	71	4,624	1,909	298,501
	Étrangers.	12	520	532	63,573	1,054	7	1,061	212,244	4	544		
1865	Français..	191	79	270	17,506	16	»	16	3,022	46	3,032	1,992	312,936
	Étrangers.	33	451	484	62,859	1,113	53	1,166	225,151	10	1,366		
1866	Français..	182	96	278	19,919	11	2	13	2,613	53	3,735	2,067	333,976
	Étrangers.	29	494	523	75,217	1,189	56	2,195	231,917	5	575		
1867	Français..	154	104	258	19,638	2	4	6	696	62	4,294	2,813	378,020
	Étrangers.	9	586	595	77,370	1,826	62	1,388	275,330	4	692		
1868	Français..	176	77	253	18,323	34	3	37	3,157	74	5,100	2,108	335,544
	Étrangers.	15	545	560	73,837	1,077	105	1,182	235,958	9	169		
1869	Français..	262	100	362	24,543	3	2	5	575	51	3,967	2,037	338,552
	Étrangers.	15	452	467	66,260	1,078	71	1,149	242,918	3	289		

NAVIGATION A VOILES.

ANNÉES.	NATIONALITÉS.	NOMBRE DES NAVIRES				TONNAGE	
		CHARGÉS.	SUR LEST.	EN RELÂCHE.	TOTAL.	TOTAL.	TOTAL DES NAVIRES français et étrangers.
				ENTRÉES.			
1867....	Français.....	183	84	53	320	23,869	99,274
	Étrangers.....	548	53	3	604	75,405	
1868....	Français.....	157	97	63	317	22,872	94,951
	Étrangers.....	499	53	1	553	72,079	
1869....	Français.....	228	140	53	421	29,891	96,680
	Étrangers.....	408	63	3	474	66,789	
1870....	Français.....	296	105	39	440	36,893	103,215
	Étrangers.....	452	68	7	527	66,322	
1871....	Français.....	311	158	53	522	42,036	121,253
	Étrangers	622	68	7	697	79,217	
				SORTIES.			
1867....	Français.....	154	104	62	320	23,932	101,994
	Étrangers.....	9	586	4	599	78,062	
1868....	Français.....	176	77	74	327	23,423	97,429
	Étrangers....	15	545	2	562	74,006	
1869....	Français.....	262	100	51	413	28,510	95,059
	Étrangers	15	452	3	470	66,549	
1870....	Français.....	241	176	38	455	36,684	106,152
	Étrangers....	12	525	5	542	69,468	
1871....	Français.....	290	160	52	502	39,452	120,978
	Étrangers....	27	659	8	694	81,526	

NAVIGATION A VAPEUR.

ANNÉES.	NATIONALITÉS.	NOMBRE DES NAVIRES				TONNAGE	
		CHARGÉS.	SUR LEST.	EN RELÂCHE.	TOTAL.	TOTAL.	TOTAL DES NAVIRES français et étrangers.
				ENTRÉES.			
1867....	Français.....	6	1	"	7	764ᵗ	277,645ᵗ
	Étrangers.....	1,346	45	"	1,391	276,881	
1868....	Français.....	34	4	"	38	3,200	238,918
	Étrangers.....	1,163	17	"	1,180	235,718	
1869....	Français.....	4	1	"	5	485	245,953
	Étrangers.....	1,100	51	"	1,151	245,468	
1870....	Français.....	3	6	"	9	604	210,383
	Étrangers.....	966	31	"	997	209,779	
1871....	Français.....	1	1	"	2	189	227,202
	Étrangers.....	1,055	7	"	1,062	227,013	
				SORTIES.			
1867....	Français.....	2	4	"	6	696ᵗ	276,026ᵗ
	Étrangers.....	1,326	62	"	1,388	275,330	
1868....	Français.....	34	3	"	37	3,157	239,115
	Étrangers.....	1,077	105	"	1,182	235,958	
1869....	Français.....	3	2	"	5	575	243,493
	Étrangers....	1,078	71	"	1,149	242,918	
1870....	Français.....	3	6	"	9	604	210,807
	Étrangers....	883	116	"	999	210,203	
1871....	Français.....	1	1	"	2	189	214,330
	Étrangers.....	895	172	"	1,067	214,141	

IMPORTATIONS ET EXPORTATIONS.

ANNÉES.	NATIONALITÉS.	IMPORTATIONS		EXPORTATIONS	
		PROVENANT de ports français et étrangers.	RÉUNIES.	À DESTINATION de ports français et étrangers.	RÉUNIES.
1853	Français. Étrangers.	» »	45,192[1]	» »	10,448[1]
1854	Français. Étrangers.	» »	51,470	» »	11,483
1855	Français. Étrangers.	» »	91,619	» »	12,269
1856	Français. Étrangers.	» »	101,075	» »	15,732
1857	Français. Étrangers.	» »	93,443	» »	16,481
1858	Français. Étrangers.	6,290[1] 94,941	101,231	57[1] 12,762	12,819
1859	Français. Étrangers.	6,968 101,961	108,929	7,813 17,651	24,964
1860	Français. Étrangers.	7,762 97,803	105,565	7,478 17,104	24,582
1861	Français. Étrangers.	6,534 147,293	153,827	7,003 19,277	26,280
1862	Français. Étrangers.	8,799 134,260	138,059	7,518 22,446	29,964
1863	Français. Étrangers.	5,015 130,158	135,173	9,487 25,130	34,617
1864	Français. Étrangers.	7,952 127,850	135,802	7,682 30,498	38,180
1865	Français. Étrangers.	10,067 136,606	146,673	11,666 38,597	50,263
1866	Français. Étrangers.	13,257 156,224	169,481	12,196 47,324	59,520
1867	Français. Étrangers.	9,046 186,604	195,650	7,239 40,063	47,302
1868	Français. Étrangers.	10,204 170,735	180,939	9,816 41,384	51,200
1869	Français. Étrangers.	9,320 178,817	188,137	13,236 46,822	60,058
1870	Français. Étrangers.	7,209 194,262	201,471	14,654 30,902	45,556
1871	Français. Étrangers.	6,395 220,604	226,999	8,540 34,778	43,318

7.

BOULOGNE.

DROITS DE DOUANE.

ANNÉES.	IMPORTATIONS.	EXPORTATIONS.	ACCESSOIRES.	NAVIGATION.	TAXE DES SELS.
	fr.	fr.	fr.	fr.	fr.
1853.......	2,634,606	49,180	"	157,487	74,518
1854.......	2,357,003	33,832	"	158,172	115,077
1855.......	4,137,730	34,160	27,870	230,373	252,070
1856.......	4,133,851	49,870	24,323	234,203	216,585
1857.......	4,338,470	90,099	41,717	249,786	118,571
1858.......	3,770,451	49,098	23,830	242,272	66,332
1859.......	3,692,020	89,026	24,663	245,690	48,912
1860.......	2,953,261	81,256	24,489	267,286	52,502
1861.......	2,517,180	83,890	29,722	322,748	65,484
1862.......	3,844,866	46,084	28,007	386,896	42,584
1863.......	3,450,609	107,082	21,083	348,412	45,868
1864.......	3,472,653	33,352	20,134	366,413	75,694
1865.......	3,355,302	11,269	20,872	366,688	82,905
1866.......	3,537,249	52,982	20,127	372,212	58,557
1867.......	4,033,325	33,248	322,933	34,228	50,901
1868.......	5,645,478	29,703	23,400	29,676	46,262
1869.......	6,728,919	24,985	22,737	30,858	53,665
1870.......	5,593,361	35,617	20,666	23,829	136,482
1871.......	6,156,931	76,787	21,954	24,061	224,018

MOUVEMENT DES VOYAGEURS.

ANNÉES.	ARRIVAGES.			DÉPARTS.		
	VOYAGEURS.	CHEVAUX.	VOITURES.	VOYAGEURS.	CHEVAUX.	VOITURES.
1853..........	47,510	1,655	124	47,796	284	133
1854..........	48,768	2,957	131	50,187	241	112
1855..........	66,854	3,423	102	69,477	134	140
1856..........	48,465	1,997	113	50,569	240	96
1857..........	47,436	1,760	100	49,341	216	82
1858..........	42,139	1,773	82	45,265	180	69
1859..........	42,475	2,884	50	44,104	251	46
1860..........	50,956	2,369	58	51,875	293	54
1861..........	59,055	1,804	57	61,783	471	43
1862..........	78,143	2,253	87	83,515	412	50
1863..........	58,765	2,436	78	63,991	337	33
1864..........	64,202	2,423	81	70,344	393	50
1865..........	65,215	2,266	53	70,889	448	47
1866..........	55,561	1,623	58	58,381	399	33
1867..........	74,147	2,333	109	78,784	509	92
1868..........	52,692	2,624	66	56,633	438	31
1869..........	56,794	1,969	65	59,617	491	25
1870..........	32,053	1,613	24	43,846	782	36
1871..........	34,562	2,35.	100	29,217	432	92

www.ingramcontent.com/pod-product-compliance
Lightning Source LLC
Chambersburg PA
CBHW061655180626
46818CB00003B/1107